H. THUILLIER

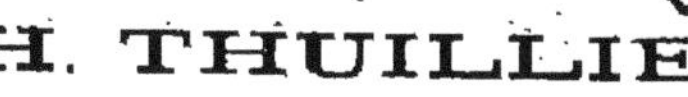

BRÉMULLE

Episode des guerres franco-normandes

20 AOUT 1119

ÉVREUX

IMPRIMERIE DE L'EURE

—

1912

BRÉMULLE

20 août 1119

(D'après ORDERIC VITAL.)

Les blonds normands, aux beaux chevaux rapides,
Se tenant bien sur le champ de bataille
Où ils mourront mais ne se rendront pas :
Car, il n'est pas de race plus guerrière.

CHANSON DE ROLAND. Episode de Baligant.

LA PLAINE D'ÉTRÉPAGNY

De grand matin, dans la basse chapelle
De son château de Noyon-sur-Andelle,
Henri, le Roi normand, s'en fut prier.
C'était un fier et valeureux guerrier.
Il fit à Dieu mainte bonne promesse
Et, tôt après, il entendit la messe
Que lui chanta son chapelain Roger.

Quand il fut hors, on vint l'interroger.
— « Ça, dit Henri, l'heure n'est pas aux chasses.
« Empressons-nous de vêtir nos cuirasses :
« Prenons la lance et montons à cheval.
« Nous atteindrons par la route du Val
« Etrépagny, le Thil, la plaine blonde,
« Que nous pourrons faucher jusqu'à la Londe.
« Crespin s'obstine en ses rebellions?
« Soit. Ce jour même, au château de Lions,
« Nous porterons autant de ses récoltes
« Qu'il nous en faut pour payer ses révoltes. »

Incontinent, à travers les halliers,
Plus de deux cents illustres chevaliers
Suivent le Roi, — l'élite du Royaume :
Les fils du Roi, Robert, Richard, Guillaume,
Le comte d'Eu, Roger. fils de Richard,
Salisbury, qui porte l'étendard,
Varenne, Auffay, Tancarville, tant d'autres
Moins désireux de faucher des épeautres
Que de frapper d'estoc dans les combats.
— N'en dites rien, chevaliers, ou tout bas :
Car, notre Roi n'aime pas qu'on maugrée. —
Suivait aussi la foule bigarrée
Des écuyers, des archers, des varlets,
Des paysans, juchés sur des mulets,
— Beaucoup à pied, — armés de faux, de sapes,
Et d'outres, — pour les futures agapes.

Comme une mer figée en mamelons,
Les bois au loin recouvraient les vallons.
L'aube argentait leur manteau de buée.
Mais, l'ombre était à peine atténuée
Sous bois : jamais, un rayon n'y filtrait.
C'est là que le Fouillebroc, tout d'un trait,
Venait jeter à la Lieure son onde.
Les habitants de la forêt profonde,
Cerfs, biches. daims s'y donnaient rendez-vous.
Combien de fois, parmi leurs ébats fous,
Les sons du cor éveillaient des alarmes !
Combien de cerfs, les yeux baignés de larmes,
Tombaient, blessés à mort par les épieux !
Mais, tel était le charme de ces lieux
Qu'au jour suivant la troupe décimée
Se rassemblait sous la même ramée.

Ce matin là l'y découvrait encor,
Mais, aussitôt que retentit le cor,
Elle s'enfuit sous la charmille verte :
Peur sans objet, fruit d'une fausse alerte.

Ce n'était pas pour des cerfs ce jour-là
Que l'olifant déployait son éclat.

Du Fouillebroc abandonnant les rives,
Le roi Henri fut bientôt sous Verclives :
« Auffay, dit-il, faites garder ce point
« Par un piquet de guetteurs, qui voient loin.
« De quel côté que penche la Fortune,
« La prévoyance est toujours opportune.
— « Trois de nos gens demeureront ici,
« Dit le baron, et le sieur de Courcy
« Qui, d'une lieue apercevrait une ombre,
« S'il plaît au Roi, complètera le nombre.
— « Qu'il soit ainsi, dit le Roi.

Mes vassaux,

« Toute la plaine, au delà de Farceaux,
« Vous appartient. Sire de Tancarville,
« Etendez-vous du Thil à la Neuville.
« Vous, moissonnez les Thiliers, Aubigny.
« Je prends pour moi les champs d'Etrépagny,
« Où, ce dit-on, le pur froment abonde.
« Si Crespin sort, je le jette en sa Bonde.
« Quand l'olifant donnera le signal,
« Vous rejoindrez mon escadron royal.
« En attendant, que l'on se ravitaille
« Du même entrain qu'on livrerait bataille ! »

LA PLAINE D'ÉCOUIS

Ce même jour, le Roi français Louis
Se dirigeait du côté d'Ecouis,
Accompagné de trois cents hommes d'armes.
Et les côteaux d'Andely, pleins de charmes,
Et le ruisseau, qui, sous l'ombrage épais,
Leur susurrait des paroles de Paix,
Leur agréaient mais ne les touchaient guère.
Les plus fameux de ces hommes de guerre
Etaient Cliton, le neveu de Henri,
Que les malheurs des siens avaient aigri

Sans amollir pourtant son endurance,
Vauvray, Beaumont, le chambrier de France,
Montmorency, Mareuil, Baudry de Brai,
Garlande, Maulle, et Gisors et Monjai :
Païen Monjai, l'âme toute en détresse
D'avoir perdu Livry, sa forteresse,
N'attendait plus qu'un trépas glorieux.

Tout en allant, ils devisaient entre eux.
Le roi Louis disait : « La citadelle
« Est forte et vaut que l'on s'empare d'elle.
« Cousin Henri, quel sera ton émoi
« Quand tu sauras que Noyon est à moi!
« C'est par ici la clé de la Province.
— « Par ma foi, Sire, il est temps qu'on l'évince
« De nos châteaux, dit Hervé de Gisors,
« Avec tous ceux qui nous ont boutés hors.
— « Ah! dit Monjai, le sang m'en brûle aux tempes.
— « Comme il nous croit aux alentours d'Etampes,
« Reprit Louis, et qu'il gîte à Rouen,
« Nous cueillerons son Noyon en jouant. »
Montmorency conclut : « Comme une rose,
« A'moins que quelque dard ne s'interpose. »
Le roi lui dit : « Tu ne connais pas l'art
« D'avoir la rose en émoussant le dard? »
Pierre de Maulle intervint : « Par saint Pierre,
« Jamais un dard n'effraya ma rapière.
« C'est s'avilir que de négocier.
« Ayons la rose en coupant le rosier.
— « Eh! dit le Roi, nous serions tous de taille
« A ferrailler dans un jour de bataille.
« Mais, selon moi, ce jour est encor loin.
« Nos ennemis évitent avec soin
« Le corps à corps en plaine découverte.
— « Parce qu'un tel combat serait leur perte,
« Dit Albéric de Mareuil. Mais, nos coups
« Les atteindront comme on atteint des loups,
« En les forçant jusque dans leurs repaires :
« Nous reprendrons le pays de nos pères.

— « Vous oubliez les traités et nos droits,
Insinua Cliton. — « Et vous, nos Rois,
« Riposta l'autre. Est-ce leur rendre hommage
« De leur causer dommage sur dommage?
« Mais, grâce à Dieu, vos excès vont finir.
« Les faits d'hier annoncent l'avenir :
« La Seine, loin de ses bords épanchée,
« Par un grand vent tout à coup desséchée;
« La Lune, rouge avec un bandeau bleu;
« Et tous les soirs, ces fantômes de feu
« Qui de Paris courent vers la Neustrie.
« Oui, l'heure vient d'ôter notre patrie
« Aux étrangers. » Cliton lui dit : « Tu mens!
« La Normandie appartient aux Normands.
« Nos droits sont là. Quant à ton insolence.. ..
« En garde avec ton épée ou ta lance!
— « Chacun son droit : paix! » commanda Louis.

Ils arrivaient en face d'Ecouis
Par le chemin creux qui débouche à Fresne.
Cliton comprit que les gestes de haine
Ne servent pas, tandis qu'ils nuisent trop.
Il se contint et l'on partit au trot.

La plaine était triste en ces temps de luttes.
Tout Ecouis tenait dans quelques huttes :
A droite, un camp romain dans la forêt,
A gauche, Fresne et plus haut Villerest.
Brémulle au fond dont les pentes déclives
Venaient mourir d'un côté sous Verclives
Et d'autre part entr'ouvraient le côteau
Où s'arc-boutaient Noyon et son château.
La plaine était triste et presque sauvage.. ..
Ayant subi déjà plus d'un ravage,
Les habitants s'en étaient faits bergers.
Ils cultivaient encore leurs vergers.
Le reste était repris par la nature
Qui fournissait aux bêtes leur pâture.

Les Moines seuls, — les moines dont le froc
Couvrit toujours des volontés de roc, —
Continuaient leur tâche régulière,
(On vit d'espoir quand on est fourmilière!)
Et, lorsque tout tremblait à.l'environ,
Ils engrangeaient sans hâte à Boucheron.

Voilà soudain, parmi leurs moissons mûres
Trois cents français aux brillantes armures.
En un clin d'œil, au devant des chevaux
Les moines se jettent avec leurs faux :
C'étaient d'anciens soldats normands, ces moines
— « Il faut peut-être épargner des avoines, »
Dit le sieur de Garlande, sénéchal.
Un coup de faux abattit son cheval.
— « J'aurai raison de cet obstacle étrange,
« Cria Louis. Que l'on brûle leur grange! »

Et Boucheron flamba terriblement.

Prends garde, Roi de France, au Roi Normand!

ON SE RAVITAILLE

Or, l'autre plaine étant mieux défendue,
Sa robe d'or ne s'était point perdue.
Les champs, au loin et jusqu'à l'horizon,
Etaient remplis d'aoûterons à foison :
Les uns courbés sous le poids de leurs gerbes,
D'autres, allant à l'ouvrage, superbes,
Heureux de voir autour d'eux leurs enfants
Caracoler comme de jeunes faons.
Les gens du Thil ramassaient leurs avoines;
Ceux des Thiliers, rouges comme pivoines,
Mettaient leur joie à dresser au soleil
Leurs javelots d'épeautre ou de méteil.
Ceux de Farceaux riaient à pleine gorge,
Tout en chargeant leurs bœufs d'avoine et d'orge.

Mais, la campagne est en proie aux hasards.
Combien de fois, sans être des vieillards,
Avons-nous vu broyer par la tempête
Les diamants dont elle ornait sa tête!
Le moissonneur s'avance en souriant
Et sa compagne aussi, — vers l'Orient.
L'or des épis, l'acier des faux scintille.
L'or sur l'acier en frisonnant pétille.
Les bluets sont des gouttes de ciel bleu
Pour rafraîchir l'atmosphère de feu,
Pour consoler du coquelicot rouge.
Mais, il fait lourd et pas un brin ne bouge,
Sauf ceux, sur qui la faux vole en sifflant.
Pendant ce temps, d'un progrès sûr et lent,
A l'Occident, un nuage se forme,
Qui voile, aux feux du jour, sa masse énorme.
Puis, on entend un long grondement sourd.
L'instant d'après, le soleil à son tour
Se cache. Un vent impétueux s'élance.
Un grand éclat succède au grand silence.
Une clameur : Sauvons-nous! Sauvons-nous!
Tels des agneaux, à l'approche des loups,
Tels des faisans sur qui fondent les aigles,
Femmes, enfants s'enfuient à travers seigles.
Et les faucheurs les suivent à grands pas.
Mais, à l'orage ils n'échapperont pas.
Avant qu'ils aient découvert quelque gîte,
Il est sur eux et sur eux il agite,
Dans la lueur des éclairs fulgurants,
Son urne de rafale et de torrents.

De même, quand, vers Saussay, dans la plaine,
On aperçut courir à perdre haleine
Tant de guerriers ardents sur leurs chevaux,
On jeta vite et faucilles et faux,
Sans s'attarder à de vaines demandes.
On devinait les réponses normandes
Et qu'ils venaient se procurer du pain
Chez les vassaux de Guillaume Crespin.

Les plus peureux étant les moins ingambes,
Les plus hardis prirent au cou leurs jambes
Et, d'une traite, au sieur d'Etrépagny
Furent conter leur malheur infini.
Alors, Crespin eut un accès de rage :
— « Tous ces vilains sont des gens sans courage,
« S'écria-t-il. A moi, mes chevaliers!
« Et les Normands seraient-ils des milliers,
« J'en purgerai la terre de mes hommes.
« En avant! en avant tant que nous sommes! »

Et cependant, les Normands fourrageaient.
Sur leurs chevaux des ballots se chargeaient.
Leurs sacs ventrus se gonflaient de provende.
    La crainte qu'ils causaient était si grande
Que les vilains, en fuyant devant eux,
Leur avaient même abandonné leurs bœufs.
    Ce fut bientôt, devers Menesqueville
Et le château de Lions, — une file
D'ânes, de bœufs, de mulets, de chevaux...
Quand éclata sur la plaine et les vaux
Ce cri soudain : Le Roi de France arrive!

ALERTE!

Au même instant, des hauteurs de Verclive
Se précipitait Robert de Courcy,
Qui venait dire au Roi normand ceci :
— « Le Roi Louis les commande en personne.
« Son oriflamme au dessus d'eux frissonne.
« Ses chevaliers sont trois ou quatre cents
« Armés de pied en cap et reluisants,
« Et vers Noyon se dirige leur troupe.
    — « Espèrent-ils, dit Henri, prendre en croupe
« Mon château-fort, comme on prend un enfant?
« Lacez mon heaume et sonne l'olifant!
    Tandis qu'on met son heaume et qu'on le lace :
— « Ah! frémit-il, j'avais perdu sa trace

« Et lui, la mienne aussi. Mais, Dieu veut jeu !
« Et nous allons nous retrouver dans peu. »

Or, l'olifant retentissait sonore,..
Puis, s'arrêtait... puis, résonnait encore
Comme fera celui du Jugement.
Aussitôt, a lieu le rassemblement
Des chevaliers normands et de leur suite.

Quelques vassaux de Crespin, dont la fuite
Se terminait ainsi par un succès
Coururent dire à leur Sieur : « Les français
« Sont près d'ici. Notre Sire en personne
« Marche à leur tête, où son fanion frissonne.
« Ils sont tous à cheval, cinq ou six cents,
« Armés de pied en cap et reluisants.
« Et vers Noyon, ils dirigent leur voie. »
Le sieur d'Etrépagny cria : « Monjoie !
« Courons nous joindre à ces bons chevaliers ! »

LES ROIS DÉLIBÈRENT

A mi-chemin du Thil et des Thilliers,
Le Roi Henri tint un conseil rapide.
Varenne dit : « La troupe est intrépide :
« Ils veulent tous marcher à l'ennemi.
— « Ne soyons pas des Normands à demi,
« Dit Tancarville, et n'allons pas sans force
« Nous introduire entre l'arbre et l'écorce !
— « L'arbre est Noyon, fit remarquer Auffay,
« L'écorce, nous. Pressons la tout à fait,
« Le Roi de France aura forte partie
« Et s'il veut fuir, où sera sa sortie ?
— « En vérité, dit le Seigneur Néel,
« Je n'en vois pas, fors du côté du Ciel.
Gautier Giffart dit en riant : « Je doute
« Que le gros roi choisisse cette route. »
Alors, Henri, cloturant le débat :
— « C'est décidé : nous aurons le combat.

« Quant à l'escorte, il n'est plus besoin d'elle.
« Que sans tarder tous regagnent l'Andelle,
« Excepté ceux qui mènent le convoi...
« Eh ! n'est-ce pas sur Boucheron, qu'on voit
« Monter au ciel cette blanche fumée?
« Sans doute, un des exploits de leur armée,
« Mais, qui nous montre où nous les trouverons.
« Mon fils Guillaume, a force d'éperons,
« Cours à Noyon. Inspecte toute chose
« Et que Louis vous attaque, s'il l'ose ! »

Or, on savait déjà dans le Vexin
Que les deux rois allaient pouvoir enfin,
Tirer au clair leur ancienne querelle.

Le roi Louis, surpris de la nouvelle :
— « Qu'en pensez-vous, dit-il, Montmorency?
« Mon beau cousin chevauche par ici ! »
Montmorency répondit : « Noble sire,
« Je puis mourir pour vous; je le désire.
« Mais, je ne puis m'exposer au remord
« De vous jeter avec moi dans la mort.
« Retirons-nous; car, le péril est grave. »
Gisors cria : « C'est là parler en brave !
« J'estime, moi, qu'il serait lâche et sot
« De reculer au moment de l'assaut. »
Montmorency lui dit : « L'outrecuidance
« Engendre plus de meaux que la Prudence.
— « Si mon cousin ne fût venu si tôt,
« Reprit le Roi : Nous avions son château
« Sans coup férir : la place était vendue.
« L'occasion, cette fois, est perdue.
« Lorsque le maître est là, l'ordre est partout.
— « Que l'on combatte ici, là, n'importe où,
« Conclut Chaumont, pourvu que l'on combatte ! »
Et sa fureur le rendait écarlate.
— « Si nous fuyons, poursuivit-il, comment
« Pourrons-nous rabattre l'orgueil normand?

‹ Souvenez-vous! L'autre mois, quand vous dûtes
‹ De vos soldats incendier les huttes
‹ Pour vous porter en hâte sur Evreux,
« Fut-il jamais des hommes plus heureux?
‹ Ils proposaient aux passants de leur vendre
‹ Des tisons noirs, issus de votre cendre.
‹ Deux jours après, sur nous s'est abattu
‹ Si rudement le Robert de Dangu
‹ Qu'on aurait dit le diable et son engeance!
‹ Et tout cela ne crierait pas : Vengeance! »

Le Comte de Chaumont parlait encor
Lorsque, dans un flot de poussière d'or,
On vit soudain la bannière apparaître
Et les soldats de Crespin, le vieux reitre.
— ‹ Ah! dit Louis, les braves compagnons! »
— ‹ Sire, clama Crespin, nous les tenons,
‹ En moins d'une heure, hommes et capitaines.
‹ Ils sont au plus trois ou quatre centaines,
« Mais, ils n'ont pas nos puissants destriers
‹ Et les manants, mêlés à leurs guerriers
‹ Les gêneront ou s'enfuiront au large.
‹ A moi l'honneur de la première charge!
— ‹ Non, dit Chaumont, cet honneur est pour moi.
— ‹ Je vous l'accorde à tous deux, dit le Roi. ›

Crespin est fier d'avoir un tel émule.

EN ORDRE DE BATAILLE

— ‹ Que sur le champ on s'appuie à Brémulle! ›
Reprend le Roi.
                    Les Français aussitôt
Sont revenus sur le front du plateau.
De là, si loin que l'horizon l'effrange,
La plaine est comme un jeu d'échecs étrange,
Dont les casiers inégaux sont tracés
Par les sentiers, les rus et les fossés.

Les chevaliers du roi Louis s'alignent.
Leurs destriers hennissent et trépignent.

Au premier rang sont Crespin et Chaumont;
Au second rang Monjai, Gui de Clermont,
Montmorency, Cliton, Maulle, Garlande;
Derrière eux, sur un ressaut de la lande,
Le Roi, son porte-oriflamme Vauvray,
Beaumont, Serans, Mareuil, Baudry de Bray.
Et leur épée, à leur côté, miroite
Et de leur poing jaillit la lance droite,
Dont les fanons caressent leur haubert;
Et leur visage est tellement couvert
Par le camail du haubert et le heaume
Qu'on ne saurait désigner leur fantôme,
S'ils ne portaient au cou des boucliers
Ornés de fleurs ou d'émaux singuliers.

Le Roi de France a les plus belles armes :
Eperons d'or, lance de frêne, enarmes
Et lacs de cuir, semés de clous d'argent.
Sur son écu, deux loups s'entr'égorgeant.
Sur son haubert des agrafes fleuries;
Le cercle de son heaume en pierreries.
Mais, son regard ferait connaître assez
Qu'il est le chef et le Roi des Français.

Le Roi Normand n'a pas moins haute allure :
Son heaume blanc strié de niellure
Ne laisse voir que son regard aigu.
Trois léopards passent sur son écu.
Sous ce haubert d'acier, frangé d'hermine,
Qu'en ce moment le soleil illumine,
Sous cette lance en pommier peint de bleu,
Mais dont le fer semble jeter du feu,
Sous ce fourreau, dont on connait la lame,
Et sous les plis roux de cette oriflamme,
— Avec amour mêlé de quelque effroi, —
Tous les Normands saluent en lui leur Roi.

Peu soucieux d'une troupe massive,
Lorsque tantôt il revint sur Verclive
Il ne garda que deux cents cavaliers :
Cent chevaliers et leurs cent écuyers.
Mais, pour que l'ordre apparut moins austère
Lui-même il mit le premier pied à terre.
Ils durent bien ainsi plus de deux cents
Se séparer de leurs chevaux plaisants
Et s'apprêter, comme un parti vulgaire,
A batailler sans leur cheval de guerre.
Mais, quand le Roi parle, il est obéi.
    Le Roi les fit ranger autour de lui
En contre bas du Mont, la lancé haute :
Puis, il posta ses archers à mi-côte.
    Pendant ce temps, Richard, son noble fils,
Dont le cheval était plus blanc qu'un lys
Et plus léger qu'un essaim d'hirondelles,
Pour protéger à la fois les deux ailes
Scindait en deux groupes son escadron.

Mais, qui vient donc ici leur faire affront?

UN DÉFI

    Non, ce n'est pas leur faire affront qu'on ose
C'est la paix que le Roi Louis propose!
    Gui de Clermont s'avance hardiment :
— « Le Roi français te somme, Roi Normand,
« Dit-il, de rendre à ton frère sa terre,
« T'en retournant de bret en Angleterre.
« Lui résister, je t'en mets au défi ! »
    Henri se borne à lui répondre : « Fil
« Retourne dire à ton Roi qu'il s'en aille,
« S'il veut garder sa cotte à double maille.
« Le Duc Richard, mon frère, sans ton Roi
« N'aurait jamais comploté contre moi. »
    Clermont lui jette alors trois brins de laine,
Pique des deux, retraverse la plaine,

Porte aux Français les propos de Henri.

— « Soit, dit Louis, et Monjoie ! » A ce cri,
Qui rejaillit de quatre cents poitrines,
Tressaillent au loin plaines et collines.
Mais, les Normands, dont le cœur ne défaut,
Poussent leur cri : *Diex aie !* encor plus haut.

PREMIER CHOC

Des deux côtés, la bataille s'annonce.
A l'olifant les clairons font réponse.

Crespin, Chaumont s'élancent bondissant,
Eperonnant leurs chevaux jusqu'au sang,
Et, derrière eux, avec un bruit de foudre,
Leur escadron galope dans la poudre,
Lance en avant, bouclier en chanteau.

Henri les attend au pied du côteau,
Ses fantassins sont un buisson de piques.
Au dessus d'eux, ses archers flegmatiques
Inondent l'air de flèches et de dards.
Aussi, lorsqu'en un bond de léopards,
Tombe sur lui l'ardente chevauchée,
Elle s'abat soudain, comme fauchée,
Et ce ne sont partout que hurlements,
Chevaux, piqués par les traits des Normands,
Chevaux, venus s'enferrer à la herse
Des lances, — tous tombent à la renverse,
Entraînant leurs cavaliers avec eux.

O vision de pêle-mêle affreux !
Les uns, atteints par la lance ou la flèche
Restent gisants, saignants sur l'herbe sèche
Ou, parmi leurs chevaux, s'en vont rampants
Ainsi que de fantastiques serpents
Au dos d'écaille, à la fauve prunelle.
Le jeune fils du Seigneur de Frenelle

Est emporté, frappé sans doute à mort...
Les chevaliers français envient son sort.
Combien d'entre eux et même des plus braves
Sont pris dans leur chute et chargés d'entraves!
    D'autres essaient de sortir du ravin :
Quelques chevaux se dressent, mais en vain.
Il ne sied pas à Richard qu'ils s'éloignent.
Comme les dents d'un étau qui se joignent
Ses cavaliers les encerclent de fer.

    Mais, le courage est l'arbre jeune et vert.
Inclinez-le de force : il se relève.
Déjà plus d'un français, jouant du glaive,
Porte aux Normands de puissants coups d'estoc.
    C'est corps à corps maintenant que le choc
Se reproduit : armure contre armure.

Hardi! Normands, votre moisson est mûre!
Hardi, Français! Votre courage est beau!

    De son épée, ainsi que d'un flambeau
A gauche, à droite, attisant la bataille,
Chaumont rugit, avance, perce, entaille,
Fait s'envoler mainte lame en morceaux.
Mais, nos soldats rabattent ses asssauts.
Il voit tomber Manassès de Gamache
Du coup d'avers qu'un Normand lui détache :
(C'était pourtant un rude compagnon!)
Puis, Pierre et Jean de Magny, puis Vernon.
Il lutte encor, debout, terrible, sombre.
Mais, à la fin, la valeur cède au nombre.
Un coup de masse énorme l'étourdit.

    Et cependant, Crespin est rebondi
En selle : Il a dans une charge épique
Ecarté l'homme et repoussé la pique,
Tracé sa voie aussi droit qu'un épieu,
Rompu les rangs normands par le milieu

Et d'un seul bond atteint Henri lui-même :
— « Allons, dit-il, bien frappe qui bien aime! »
Ce fut un coup formidable, en effet.
Le Roi Normand, — n'eut été le chevet
De son haubert, — en aurait rendu l'âme.

De toutes parts, on se rue à l'infâme,
Au sacrilège auteur de l'attentat :
Le Roi tué, que deviendrait l'Etat?
Mais, notre Roi n'a pas quitté son poste.
Insensible à la douleur, il riposte :
— « Crespin, ton glaive est bien large et bien long.
« Mais, il demeure un glaive de félon :
« Je ne veux pas que mon épée y touche.
— « Félon! félon! » hurle Crespin farouche.

Mais, Roger de Bienfaite d'un coup droit
L'a renversé sur l'herbe aux pieds du Roi.
— « Nous avons un compte à régler ensemble, »
Fait-il : Et de la horde qui s'assemble
Comme une meute autour d'un sanglier
Roger défend le fougueux chevalier.
Ne sont-ils pas d'anciens compagnons d'armes?
Et n'ont-ils pas pleuré les mêmes larmes,
Et n'ont-ils pas joué les mêmes jeux,
Dans le château qui les nourrit tous deux?
Ah! les amis, qui s'aimaient bien naguère,
Si divisés que les fasse la guerre,
S'aiment toujours : Honte à qui les honnit!
Comme un milan qui protège son nid,
Bienfaite prend Crespin sous sa tutelle
Etend sur lui son écu, comme une aile,
Frappe à sa place, — et se laisse frapper.

Mais, au péril tous deux vont échapper.
Car, à nouveau le clairon sonne et cuivre.
Henri commande à ses gens de le suivre.

A LA RESCOUSSE

L'émotion est au camp des français.
On n'y voulait pas croire à l'insuccès.
Mais, l'Espérance a fait place aux alarmes
Lorsque a cessé le cliquetis des armes,
Lorsque, au dessus du nuage poudreux
Où l'on savait engagés tant de preux,
L'on ne vit plus jaillir l'éclair du glaive,
Lorsqu'à la fin, la poudre comme un rêve
Se dissipant, — Verclives reparut.

Aux premiers rangs aussitôt accouru
Le roi Louis harangue son armée :
— « Souvenez-vous de votre renommée,
« De vos aïeux, les chevaliers hardis
« Que Dieu plaça dans son saint Paradis.
« N'avons-nous pas le Droit pour nous, nous autres.
« Vite, barons, portons secours aux Nôtres!
« Criez : Monjoie! et suivez votre Roi! »
Ils dirent tous : « Sire, vous avez droit! »

Criant : Monjoie! et remplis d'assurance,
Voilà partis les bons barons de France.
Sous l'étendard royal, leurs gonfanons
Sont, comme autour d'un aigle, un vol d'aiglons.

Quant aux barons normands, tout à la gloire
Que leur permet leur récente victoire,
Ils vont aussi, cette fois, de l'avant,
Leur oriflamme et leurs fanons au vent.
Leurs cavaliers sont en double barrière,
Leurs fantassins un peu loin en arrière.
Et toutefois, çà et là, des archers
Se sont du front des troupes approchés.

Ils vont criant : Normandie! et Diex aie!

A deux cents pas environ de la haie

Qui protégeait le berceau d'Ecouis,
Les Chevaliers français du Roi Louis
Et les Normands de Richard se heurtèrent.

Dans les deux camps des chevaux culbutèrent :
Païen Monjai, dans sa chute blessé
Pleure l'espoir qu'il avait caressé
De succomber au sein de la bataille.
Français, Normands reçoivent mainte entaille.
Le preux Richard desarçonne Mareuil,
Puis, Vauvray. — Mais, prompt comme un écureuil
Vauvray, d'un bond, a retrouvé sa selle
Et de nouveau, l'oriflamme étincelle
Entre ses mains, dans le ciel qui reluit.

Richard a son cheval tué sous lui.
Dix écuyers accourent à son aide :
A Veillantif Barbamouche succède.
Mais, les Normands, déployés à l'excès,
Ont du livrer un passage aux Français.

Impétueuse, à travers la trouée,
La foule des assaillants s'est ruée :
Vauvray pointant l'oriflamme en avant;
Gisors sur son destrier Passevent;
Montmorency, dont la vaillance oublie
Qu'il a traité ce combat de folie;
Le gouverneur Ascelin; Godefroy
De Serans et bien d'autres. —

                              Mais, le Roi,
Que la splendeur de ses armes désigne,
N'a pu franchir que la première ligne.
Les plus fameux chevaliers du Vexin
Se sont jetés sur lui, comme un essaim,
Aiguillonnante et mouvante guirlande.
Auprès du Roi, Maulle, Cliton, Garlande
Multiplient les prodiges de valeur :
A son courage, ils mesurent le leur.

Mais, que devient le gros de leur armée?

Richard, sa troupe à peine reformée,
Détache autour du Roi de France — assez
De preux, — pour lui répondre avec succès,
Puis, il fait faire aux autres volte-face :
A bride abattue, ils suivent sa trace...

BATAILLE!

Comme en un jour d'orage, au même point,
Le vent rassemble, accumule, disjoint,
Entraîne en noirs tourbillons — les nuées
Pour les laisser enfin exténuées
Vides d'éclairs, — ainsi l'âpre escadron,
Qui, l'épée haute et forçant l'éperon,
Avait rompu notre cavalerie.
L'instant d'après, chargeait avec furie
Le corps de fantassins du Roi Henri.
   Ce choc ne les émut ni les surprit.
Depuis quinze ans qu'elle ne chômait guère,
Ils avaient pu s'endurcir à la guerre,
— Depuis le jour fameux de Tinchebray.

La rampe de leurs lances fulgurait.

   Les chevaliers français n'y prennent garde.
Trente chevaux, bien que le fer les barde,
S'empalent sur les lances, ou blessés,
Avec leurs cavaliers sont renversés.
Sont pris alors, sans pouvoir se défendre,
Et garottés, comme bêtes à vendre,
De hauts seigneurs et d'humbles bacheliers.
   Mais, derrière eux, les autres cavaliers,
Rivalisant de zèle et d'endurance,
Travaillaient bien pour l'honneur de la France.
Nos chevaliers aussi, gaillardement,
Soutenaient bien l'honneur du nom normand.

Dangu s'attaque à Gisors : il le presse.
Gisors sur ses étriers se redresse :
Il porte un tel coup d'épée à Dangu
Qu'il fait voler en éclats son écu,
Coupe les lacs qui retiennent son heaume.
Demaille son haubert — et sur le chaume,
Perdant, dans cet élan, tout point d'appui,
S'en vient tomber et rouler avec lui,
Alors, vingt bras vigoureux le saisissent.

Les lignes des assaillants s'éclaircissent,
Le cheval de Montmorency s'abat.

D'autres, glissant sur le front du combat
Gagnent à droite, en arrière d'un orme,
Où, sans tarder, leur troupe se reforme.

A ce moment, arrivent d'autre part
Les cavaliers, que commande Richard.
Leur escadron passe comme une trombe
Et, sous leur choc, maint écuyer succombe.

Mais, les Français, qui se sont reformés,
— Ils sont quarante, ardents et bien armés, —
Fondent sur eux à leur tour par derrière
Et dix Normands mesurent la « crière ».

Montmorency combat aux premiers rangs.
Le gouverneur Ascelin et Serans
Volent aux points où l'ennemi s'amasse
Décharger, à force de bras, leur masse.
Mais, Serans est tout à coup renversé.
Un épieu l'a mortellement blessé.
Le temps de dire un *Pater*, il rend l'âme.

BATAILLE !

Salisbury portait notre oriflamme,
Jean de Vauvray, celle du roi Louis.
Sur le combat où voltigeaient leurs plis,

On aurait dit deux flammes de fournaise.

L'ardeur normande égalait la française.

Salisbury poussa droit à Vauvray,
Qui déjà, l'attendait, lance en arrêt.
Entre les deux, la lutte fut épique :
La pique fut opposée à la pique,
Le glaive au glaive et, pendant un long temps,
Renouvelant les exploits éclatants
Des glorieux chevaliers leurs ancêtres,
Ces jeunes gens combattirent en maitres.
Par les jours de leurs heaumes, on voyait
Leurs grands yeux noirs dont l'éclat flamboyait.
La souplesse et la vigueur étaient jointes
Dans leur façon de diriger leurs pointes
Ou de parer celles de leur rival.
Légèrement courbés sur leur cheval,
Ils levaient leur oriflamme très droite
Et maniaient leurs armes de la droite.
Les plus vaillants chevaliers de Henri
Se distinguaient près de Salisbury,
Le comte d'Eu, Giffard, Auffay, Bienfaite.
Tout réjouis d'être à pareille fête.
Près de Vauvray, le fougueux chevalier
Clermont, que jamais rien ne fit plier,
Montmorency, qui, bien que sans monture,
En imposait encor par sa stature,
Et d'autres, moins connus en vérité,
Mais, de la même indomptable fierté :
Tous ces guerriers opèrent des prodiges.
Sur leurs écus, rattachés par les guiges,
Sonnent les traits, s'émoussent les épieux.
Les coups d'épée éclatent furieux,
Faisant jaillir des gerbes d'étincelles.
Ils sont heurtés, secoués sur leurs selles.
Leurs coursiers ont de brusques soubresauts.
Les combattants redoublent leurs assauts.

De plus en plus, la bataille entremêle
Dans un fracas de tonnerre et de grêle
Crépitements de flèches et de dards,
Hourrahs de guerre autour des étendards,
Chocs, crissements d'acier, brisements d'armes.
Dans les deux camps, on trouve plus de charmes
A ce cliquetis du fer sur le fer
Qu'aux plus beaux chants du barde Taillefer.

Mais, les français ont une peur : la flèche.

Plus d'une vole au loin sans faire brèche.
Plus d'une aussi plante son aiguillon
Dans la porte entr'ouverte d'un maillon.
Ou dans les jours minuscules des heaumes.
Il en est de fines comme des chaumes !
Et les archers sont les gens de Breteuil
Qui firent à maints anglais perdre un œil,
Quand les Normands conquirent l'Angleterre.

C'est grâce à nos archers — (pourquoi le taire?)
Que la victoire, à la fin, nous sourit.

Jean de Vauvray tombe en poussant un cri
Qu'on entendit par delà la colline.
Une flèche est fixée en sa poitrine,
Il va mourir de la mort des héros.
Le sang de sa blessure coule à flots :
Son oriflamme en est toute trempée.
Il la défend encor de son épée.
Montmorency s'approche et s'en saisit :
Il fait lâcher prise à Montmorency :
Il ne voit plus et sa raison s'égare.
Sa chute a mis le comble à la bagarre.
Montmorency, Clermont sont culbutés :
Les Normands les pressent de tous côtés.
Mais l'oriflamme à Vauvray n'est ravie
Que lorsqu'il n'a plus un souffle de vie.

Or, au point de rencontre des chemins
Dont l'un, dit-on, est l'œuvre des Romains,
L'autre reçut le nom de Coupegueule,
Tournaient encore, — ainsi que sur la meule
Tournent les grains, que le grès a mordus,
— Des Français et des Normands confondus.

BATAILLE !

Près d'Ecouis aussi, l'affreux orage
Des deux partis éprouvait le courage.

Là, comme un flot qui jette son courroux
Contre le roc, insensible à ses coups,
La troupe des normands vingt fois s'élance,
Vingt fois avec la même violence
Contre le Roi Louis et ses barons.
Un vaste amas de piques, d'éperons,
D'écus brisés ou de tronçons de glaive
En face d'eux, comme un rampart, s'élève.
De beaux chevaux percés de part en part
Sont les créneaux vivants de ce rampart...

Les chevaliers normands prennent du large,
Tournent l'obstacle et si vive est leur charge
Qu'on vit le Roi sur sa selle pencher.
A cette vue, un normand, un archer,
Fond sur lui, comme une flèche rapide
Et, saisissant son cheval par la bride,
S'écrie : « Holà ! Le roi de France est pris ! »
Ce cri joyeux couvre les autres cris.
Des deux côtés, la stupeur est sensible.
Le Roi de France est pris? Est-ce possible?
Et le combat s'interrompt un moment.
Mais, déjà, tombe à terre le Normand.
Le Roi l'a transpercé de son épée,
En lui disant : « Ta fureur s'est trompée,
« Maraud ! Apprends et surtout souviens-toi
« Qu'au jeu d'échecs on ne prend pas le Roi. »

A ce bon mot, à ce beau coup de lance
Succède un impressionnant silence,
Cependant que le pauvre archer, gisant,
Laisse échapper son âme avec son sang.

Quant aux Normands, rien ne les déconcerte.
Si leur élan est tombé dans l'alerte,
Leur escadron, tenace autant que fort,
Reprend du champ pour un nouvel effort.

Mais, avant que l'action ne s'engage,
Baudry de Brai tient au Roi ce langage :
— « Nous avons bien bataillé, Dieu merci!
« Et rien n'a pu nous rompre jusqu'ici.
« Mais l'ennemi l'emporte par le nombre.
« Et l'on ne voit, hélas! revenir l'ombre
« De tant de preux qui sont allés là bas!
« Peut-on forcer le destin des combats?
« Souvenez-vous, Sire, je vous en prie,
« Qu'en vous perdant vous perdez la patrie. »
Le Roi de France eut un tressaillement.
Il regarda ses barons longuement.
Ils attendaient, la main sur leur rapière,
Silencieux, comme des blocs de pierre.
Alors, le Roi dit à Baudry de Brai :
— « Dieu nous punit : Qu'on sonne le Retrait! »

LE RETRAIT

Et le retrait sonne.
        C'est la cohue
Inexprimable. On galope, on se rue,
Les uns fuyant, les autres poursuivant.

Entendez-vous la voix de l'olifaut
Du Roi Henri! Comme elle est large et pleine!
Comme elle couvre, au dessus de la plaine,
Les gémissements des clairons français!

Henri rend grâce à Dieu de son succès;

Puis, il dit aux siens : « En selle, de suite
« Et changeons en déroute cette fuite! »

Aussitôt dit, le Prince et ses guerriers
Ont enfourché leurs puissants destriers.
Comme les prisonniers sont aux entraves,
Quelques archers surveilleront ces braves.
Les autres s'emparant de leurs chevaux,
Avec le Roi, par plaines et par vaux,
Courent çà et là, s'approchent, s'éloignent
Et malheur aux attardés qu'ils rejoignent :
Ils sont chargés d'entraves à leur tour.

Tout compte fait, à la fin de ce jour,
Nous emmenions prisonniers sept vingtaines
De simples chevaliers ou capitaines
Et ne laissions aux français qu'un seigneur :
Encor l'avaient-ils eu sans grand honneur.

Dès le début de leur fuite confuse,
Plusieurs français avaient joué de ruse
Pour empêcher qu'on ne les reconnût.

Même leur Roi, qu'était-il devenu?

Les uns s'étaient blottis dans quelque gîte
Désespérant de s'enfuir assez vite.
D'autres avaient jeté dans les buissons
Les boucliers, ornés de leurs blasons.
D'autres, parmi lesquels Pierre de Maulle
S'étaient donné soudain un nouveau rôle :
Avec des airs et des rires gaillards
Ils poursuivaient comme nous les fuyards.
Ils se montraient plus ardents que les autres.
Robert de Courcy crut qu'ils étaient nôtres.
Il les suivit jusque dans Andely.
Il fut donc pris : mais on ne prit que lui.

SOUS BOIS

Or, seul, à pied, l'âme tout endeuillée,
Sous la forêt à l'épaisse feuillée,
Qui s'appelait justement Muchegros
Allait le Roi vaincu Louis le Gros.

Un bûcheron fendait le pied d'un hêtre.
Le Roi lui dit sans se faire connaître :
— « Peut-on gagner Andely par ces bois? »
Le bûcheron lui dit : « Comme je vois,
« Vous préférez aux routes découvertes
« Les frais sentiers de nos charmilles vertes :
« Vous avez bien raison, en somme. Mais,
« Vous êtes sûr de n'arriver jamais.
« Tous les sentiers sont tortueux, difformes
« Et plus mêlés que les rameaux des ormes.
« Si vous tenez à suivre un tel chemin,
« Il serait bon qu'on vous prît par la main. »
— Le Roi lui dit : « Vous le feriez peut-être? »
Le bûcheron répartit : « Et mon hêtre? »
   Sur ce, le Roi lui promit deux écus.
   Le paysan n'en demanda pas plus
Et les voilà dégageant la cépée
L'un de la hache, et l'autre de l'épée.
Passant le val, remontant le côteau,
Redescendant pour sauter un ruisseau,
Risquant de choir dans une fondrière.
   — « Il ne faut pas regarder en arrière, »
Clama le guide en riant aux éclats.
   Ce rire fit au Roi l'effet d'un glas.
Mourant de faim, brisé de lassitude.
Une nouvelle et noire inquiétude
Etait entrée en son esprit : « Qui sait?...
« Si le vilain moqueur le trahissait!
« La fin du jour venait, mélancolique.
« La piste était bien longue et bien oblique!
« En cas d'alerte, où serait son recours?... »
   Et cependant l'homme marchait toujours.

Il ébranchait de sa hache puissante
Les arbres qui se courbaient sur la sente
Ou s'y tordaient en formes de serpents.
   Comme le Roi rêvait de guet-apens,
Il fut tiré tout à coup de son rêve
Par la voix du bûcheron, nette et brève :
« Mon beau Seigneur, voici votre Andely. »

   Or, le chemin de ronde était rempli
De chevaliers, de peuple, de tumulte...
   Les uns parlaient de relever l'insulte.
D'autres, d'abord, de rechercher le Roi.

   Quand il parut, comme une ombre d'effroi
S'évanouit sur les fronts les plus blêmes.
Mille flambeaux s'allumèrent d'eux-mêmes.
On acclamait le Roi Louis, de cœur :
Qu'aurait-on fait s'il eût été vainqueur?
Mais la douleur noblement endurée
Rendait sa majesté deux fois sacrée.

   Le bûcheron, quoique fort ébahi
Ne laissait pas de rester près de lui :
— « Si près du Roi, que vient faire ce rustre? »
Dit un baron, non pas le plus illustre
Mais, l'un des plus honteux d'être vaincu.
   — « Il attend, dit le Roi, son double écu.
   — « Oh! dix écus, dit le guide, je pense! »
   — « Tu penses mal : je compte ma dépense,
« Reprit le Roi. Je te verse mon dû »
   Le bûcheron restait tout morfondu.
   Le baron dit : « Je sais ce qu'il désire.
« Permettez-moi de le lui bailler, Sire! »
L'autre, à ces mots, détala prestement.

ÉPILOGUE.

   Le lendemain, un chevalier normand
Ramenait deux chevaux de belle taille
Trouvés blessés sur le champ de bataille.

L'un d'eux était celui du roi français,
L'autre, celui de Cliton : leurs harnais
Jetaient toujours de vives étincelles :
Mais eux portaient la mort dans leurs prunelles.
Le Roi Louis en guise de merci
Fit relâcher le sire de Courcy.
Mais, rien ne put effacer de son âme
Le souvenir de sa rouge oriflamme,
Le souvenir des cent quarante preux,
Que les Normands gardaient par devers eux.

Le jour même, en sa cité de Lutèce,
Il fut cacher sa honte et sa tristesse.

Henri paya l'oriflamme au soldat,
Qui l'avait prise au milieu du combat,
Vingt marcs d'argent. — C'était peu pour la gloire
Dont ce trophée illustrait sa victoire.
Il résolut de grâcier Gisors
Et Bouchard de Montmorency, — dès lors
Qu'ils étaient les vassaux des deux monarques,
De mettre aux fers Chaumont au château d'Arques,
De maintenir les autres en prison
Jusqu'au paiement d'une honnête rançon.

Il fit aussi de dignes funérailles
Aux trois guerriers que le Dieu des batailles
Avait marqués du signe des Elus.

S'il n'était mort que trois guerriers au plus
Dans ce combat de huit à neuf cents hommes,
C'est que de leurs éperons à leurs heaumes
Leur corps était tout habillé de fer.
Du reste, — un cœur battait sous le haubert, —
Leur cœur était moins dur que son écorce.
Ils étaient fiers de déployer leur force,
De capturer, sous les yeux de leur Roi,
Ceux qu'ils jugeaient les ennemis du Droit.

Mais, la plupart ne croyaient nécessaire
Ni glorieux de tuer l'adversaire :
Ils étaient chevaliers et non bourreaux.

.   .   .   .

Huit jours plus tard, le Roi Louis le Gros
Avait repris sa hautaine assurance.
— « Comte Amaury, tu me rends l'espérance,
« S'écriait-il. A quoi bon tout ce deuil?
« Allons venger nos barons sur Breteuil ! »

26 octobre 1911.   H. N.-L.

Evreux, Imprimerie de l'Eure, 4 bis, rue du Meilet. — G. Poussin, gérant.

9 782019 227449